바람을 따라 걷는 시간

바람을 따라 걷는 시간

시와소금 시인선 187

바람을 따라 걷는 시간

ⓒ詩林 동인, 2025. printed in seoul, Korea

초판 1쇄 인쇄 2025년 12월 10일
초판 1쇄 발행 2025년 12월 15일
지은이 시림 동인
펴낸이 임세한
펴낸곳 시와소금
디자인 유재미 정지은

출판등록 2014년 1월 28일 제424호
발행처 강원 춘천시 충혼길20번길 4, 1층 (우 24436)
편집·인쇄 주식회사 정문프린팅
전화 (033)251-1195 / 휴대폰 010-5211-1195
전자주소 sisogum@hanmail.net
ISBN 979-11-6325-104-0 03810

값 12,000원

* 이 책의 내용의 전부 또는 일부를 재사용하려면 반드시 저작권자와
  시와소금 양측의 동의를 받아야 합니다.
* 지은이와의 협의로 인지는 생략하며, 잘못된 책은 교환해 드립니다.

· 이 책은 2025년 강원특별자치도 강원문화재단의 후원금으로 발간되었습니다.

시와소금 시인선 · 187

바람을 따라 걷는 시간

詩林 제10집

김영삼 김은미 김훈기 배인주 유지숙
이순남 임인숙 지은영 한경림 황영순

▲ 2024년 詩林 동인 출판기념회 사진

시와소금

▌시림詩林 연혁

1. 2005~2012년까지 강릉대학교 평생교육원 시창작반(지도교수 이홍섭)에서 공부한 수강생 중심으로 자연스럽게 동아리 만들어짐.

2. 2009년 : 6월 30일 행복한 모루에서 문우회『詩林』정식으로 결성, 2013년 11월 28일 강릉세무서에 문우회『詩林』단체 등록. (고유번호 226-80-14471)

3. 초대 회장 조수행(2009~2014), 2대 회장 임인숙 (2015~현재)

▌시림詩林 활동 사항

- 2007~2009 : 시화전 3회(강릉대학교) 개최.
- 2013~2014 : 시인의 마을 주관 시낭송회 및 세미나 참여 9회.
- 2014 : 시인의 마을 주관「문학콘서트, 시와 가곡의 밤」참여.
- 2014 : (사)교산 · 난설헌 선양회, 시인의 마을 주최 문화 올림픽을 위한 경포호수 누정 문학 기행 및 허균 문학작가상 수상자 문학 콘서트 참여.
- 2015~2016 : 시 창작 아카데미 운영.
- 2013~2015 : 詩林 시낭송회 5회 개최.
- 2015 : 詩林 시첩 1회 발간.
- 2016 : 시 동인지 '詩林' 제1집 발간. 출판기념 시낭송회(5회). 강릉문화재단 후원.
- 2017 : 시 동인지 '詩林' 제2집 발간.
- 2017 : 강릉독서 대전 행사 참여「세상의 책 in(人)강릉」저자와의 대화 주관

- 2018 : 시 동인지 '詩林' 제3집 발간.
- 2019 : 시 동인지 '詩林' 제4집 발간. 출판 기념 시낭송회(6회). 강
  원문화재단 후원.

2020 : 시 동인지 '시림' 제5집 발간. 강릉문화재단 후원.

- 2021 : 시 동인지 '시림' 제6집 발간. 출판기념 시 낭송회(7회), 강
  릉문화재단 후원.
- 2022 : 시 동인지 '시림' 제7집 발간. 출판기념 시 낭송회(8회)
- 2023 : 시 동인지 '詩林' 제8집 『내 안에 돌섬 하나 있다』발간. 강
  릉문화재단 후원.
- 2024 : 시 동인지 '詩林' 제9집 『그대 가슴에 소음 하나 심었습니
  다』 발간. 출판기념회 및 시낭송회(9회). 강원문화재단 후원.
- 2025 : 시 동인지 '詩林' 제9집 『바람을 따라 걷는 시간』 발간. 출
  판기념회 및 시낭송회(10회). 강원문화재단 후원.

▌ 회원 시집 현황

- 김영삼 시집 『온다는 것』 달아실(2017.06), 『우연은 필연처럼 오지』
  달아실(2024.10)
- 신효순 시집 『바다를 모르는 사람과 바다에 갔다』 시인동네
  (2017.03)
- 유지숙 시집 『698번지, 오동나무 뿌리는 깊다』 글나무(2021.11)
- 이순남 시집 『버릇처럼 그리운 것』 달아실(2021.11)
- 임인숙 시집 『몸은 가운데부터 운다』 달아실(2019.12)
- 한경림 시집 『결』 밥북(2017.11)
- 홍경희 시집 『기억의 0번 출구』 한국문연(2017.09), 『13월의 유다』
  한국문연(2024.10)
- 황영순 시집 『당신의 쉼은 안녕하신지요?』 시와반시(2017.10)

| 차례 |

이홍섭

섬 ―손 · 2
오늘 아침

1965년 강원도 강릉 출생. 1990년 『현대시세계』를 통해 시인으로, 2000년 <문화일보> 신춘문예를 통해 문학평론가로 각각 등단. 시집 『강릉, 프라하, 함흥』 『숨결』 『가도가도 서쪽인 당신』 『터미널』 『검은 돌을 삼키다』 『네루다의 종소리』 등 출간. 시인시각작품상, 현대불교문학상, 유심작품상, 강원문화예술상, 박재삼문학상 등 수상.

섬 —손·2 외 1편

망망대해에
몰록 떠오른 손 하나

아무도 잡아주는 이 없네
잡을 이 없으니
스스로 손을 접네

적막은 파도 치고
외로움은 소용돌이 치고

섬은 어느덧
딱딱한 주먹이 되어

하늘을 향해
연신 주먹질이네

누가 나를 불러냈냐고
누가 함부로 생을 깨웠냐고

오늘 아침

울 아버지
내 나이 열여덟에
자신의 그림자를 지우려 하셨다

왜 그러셨을까

나에게는 평생 화두였는데

울 아버지
오늘 아침 요양원에 드셨다

담장 아래
머리를 푹 숙인 해바라기와
우두커니 서 있는 화두를 남기신 채

울 아버지
오늘 아침, 긴 그림자를 끌고
요양원에 드셨다

| 초대시 |

조수행

피데기
공동밥상 · 1

2008년 《한국생활문학》으로 등단. 시집으로 『늦바람 난 시』『공동밥상』
등. 한국생활문학대상 수상. 초대 시림 회장(2009~2014) 역임, 문인협회
회원, 관동문학회원.

피데기 외 1편

내가 어떻게 태어났는지 모른다

분명한 건 내 몸은 난류성
따뜻한 해수를 좋아한다는 것

내가 어떻게 뭍에 올랐는지 모른다

분명한 건 내 몸은 건조성
허공에 들리어 해와 별을 먹고
해풍에 말라간다는 것

피데기로 다시 태어나는 나

이생을 건너
윤회의 다음 생은 어디일까

전생의 바다를 펼쳐보며
몸처럼 눈물도 꾸덕꾸덕해진다

공동밥상 · 1

어느 후배가 이민 가면서
내게 부쳐먹으라 한 묵정밭 한 떼기
올봄 이랑을 틀고 씨앗을 묻었다
옥수수가 눈을 트자 까치가 달려들고
콩을 묻자 비둘기가 물어 갔다
가끔 고라니가 제 식구를 데리고 내려와
고구마 콩 도라지 새순을 싹둑, 배를 채운다
무 배추 오이 케일은 벌레들의 운동장
묵정밭은 이제
나와 그들의 공동밥상
불청객을 금할 울타리나 겁줄 허수아비를 생각하다
백수인 나도 자연의 일부
차마 목초액마저 뿌릴 수 없다

김경미

꽃잠
냉장고가 헐렁해질 때

1992년 《시세계》로 등단. 시집 『물의 화법』『동백꽃 피는 밤』『낮달이 떴다』『도로시 파커를 위하여』『먹감나무 하느님』등. 최인희문학상, 강원문학상, 강릉예술인상, 관동문학상 등 수상. 국제펜클럽강원지회 부회장, 강원문협 시분과 회장, 강릉문인협회장 역임 등.

꽃잠 외 1편

잠이 부쩍 많아진 어머니의 오수
누구를 만나고 계신가
뽀얗게 분 바르고 나선 마중길
미농지보다 얇아진 기억 속에서
수줍게 웃으신다

반짝인다고 다 사랑이 아닌 것처럼
어둠이 다 상처가 아닌 것처럼
가난하고 가난했던 어머니
하얀 솜털 같은 물렁한 눈매로
환하게 웃으신다

눈물로 자분자분 박음질하던
당신의 꽃시절
이리저리 흔들려도 부러짐 없더니
둥글려 품에 안은 낮달로 슬픔을 헹구셨다

어머니의 오수 속에

집채같은 저녁놀이 다분다분 저물고
나뭇잎에 스치는 수묵 한 점
바람에도 지지 않고 구름의 문장을 읽는다

해도 지고 꽃도 지고 달빛만 남아
곁을 서성이던 영혼의 경계
두려움은 내 몫이고
어머니는 세상 구경 나선 듯
깊은 잠에 드셨다

꽃무늬 지팡이 노을을 물고 걸어간다

냉장고가 헐렁해질 때

결핍은
곳간 속에서 나오는 것이 아니었다
배부름은 무제한이 아니고
허기가 더 애틋해지는 맞물림이다
오래된 집을 허문다
차고 쓸쓸한 기억들이 발효되어 소멸하고
길들여진 허기는 스스로에게 자비롭다
휘황한 빈 사막에
칠팔월 염전을 떨구는 사이
빈틈으로 해산한 물미역은
천지사방 낯설고 아련하다
굳은살 박힌 얼음은 시들지 않고
태풍이 지난 느긋한 일상은
초식동물처럼 맑고 서럽다

김영삼

아무도(我無島) // 동백꽃 // 기차를 타고 // 꼭지 // 적막 //무성 영화
// 물새 // 휴일 // 죽방렴으로 멸치를 잡는 우대한씨 // 동행

아무도我無島 외 9편

섬이 아닌 섬

아무나 올 수 있고
아무도 오지 않는

코앞에 있어
눈 밖에 있는

너무 가까워서 먼 섬

물에서 뭍으로 밀려나
뭍에서 물으로 떠도는

따개비도
돌미역도 하나 없는

자그맣고 까칠한 섬

아무 생각 없이
아무렇지 않게

둥둥 떠다니는
텅텅 비어 있는

까무잡잡한 외톨 섬

동백꽃

아버지가 베옷 자락에 다 쓸어 담고 가시었나 했다
화분에 동백나무 여러 해 꽃을 피우지 않았다

웬수야, 웬수! 어머니는 아랫목 독차지한 화분, 발로 툭
툭 밀치며 눈가루 묻은 덧버선 발을 밀어 넣었다. 주둥이
가 헐었다고 쌀독에서 박박거리던 바가지가 잠시 조용해
지자, 술내를 꽃향기처럼 풍기던 아버지는 불현듯 더 좋
은 꽃을 찾아 먼길 떠나셨다. 뒤이어 화분도 줄줄이 따라
가고 유일한 유품처럼 동백만 덩그러니 남았지만, 아무도
돌보지 않았다

한데, 꽃이 피었다
아버지 기제가 얼마 남지 않은 날
어때 이쁘재!
접때 화분장수 뵈길래 흙 사다 갈아줬드만
한 쉰 송이는 되겠재?

어머니는 동백꽃처럼 붉게 웃으시고

나는 스물댓 송이 남짓한 덧난 상처
아무 아픔도 없이 무덤덤 바라보는데

야릇하게
생마늘 삼킨 듯 명치끝이 아리었다

기차를 타고

나는 한 권의 앨범이다
자동카메라 눈셔터로 찰깍찰깍 찍은
사진 빼곡히 담겨있는

기차는 도계를 지난다
휙-휙- 지나가는 풍경 속으로
한 장 한 장
빠져나가 날아가는 몸속 스냅 사진들

하얀 이빨 반딧불처럼 반짝이며 어둠 속에서 나타나던
삼촌이 날아간다, 방학에 놀러 왔다 거위에 쫓겨 우는
산골 아이가, 삼십 촉 백열등보다도 밝은 소반 이밥이
날아간다, 문짝 시커먼 탄광사택 판잣집도 빠져나간다

삼박사일,
딱 이대로 삼박사일만 줄창 달려가면
둥근 실타래가 다 풀려 실패만 남듯
텅 빈 몸뚱이만 덩그러니 남을 것 같은…

등받이에 기댄 초점 잃은 눈으로 흐릿한 흑백사진
쑥쑥 빠져나가는 동안
창에 껌딱지처럼 달라붙은 다섯 살배기 눈 속으로
쑥쑥 들어가는 칼라사진

나는 이제 빛바래 허름한 사진첩이다

꼭지

바싹 마른 실가지에 소켓처럼 달린
감꼭지 보면,
빨간 알전구에 불 들어오듯
깜박! 홍시가 켜졌다 꺼진다

무너진 엄니 가슴에 마른 고욤처럼 달린
젖꼭지 보면,
방울방울 비눗방울 피어나듯
반짝! 오 남매 얼굴 맺혔다 터진다

한목숨 살려낸 위대한 행적 까맣게 잊고
앙상한 몸에 꼭 붙어 있는 치매 걸린 꼭지

저 무심한 눈동자

적막

함석지붕에서 아지랑이가 피어오른다

누렇게 바랜 장지문이 활짝 열려 있다

쥔장은 동네 어귀 느티나무 옹 만나러 갔나

감나무 아래 평상에 혼자 누워있는 부채

쭈글쭈글한 호박꽃이 돌담에 휘늘어져 있다

탕!

풋감 떨어지는 소리가 우레 같다

죽은 듯이 누워있던 누렁이가 눈을 떴다

혀를 길게 빼고 다시 스르르 감는다

무성 영화

지그재그지그재그

달아나는 나비 꽁무니에
바싹 붙어 쫓아가는 배추흰나비

애간장 타는 밀당

잡을 듯 잡을 듯, 헛손질하는 필사의 구애도
멀찍이서 바라보니 다 장난 같다

한때, 손끝에서 날아간 사람 기를 쓰고 쫓아가다
끝내 놓치고만 한 뼘의 거리가
결코 가닿을 수 없는 먼 거리가

푸른 은막에 저토록 선명하게 보이다니

물새

발목이 참방참방 잠기는 냇가에서
희고 검은 고만고만한 자갈밭에서

보릿대 같은 다리로
징검돌 건너듯 깡총깡총 뛰어가는 할미새여

실바람에 구르는 풍선이여, 통통 튀는 탁구공이여
아! 나도 저렇듯 가비얍게 돌밭을 뛰고 싶다

발 한번 구르면 허리만큼 떠올라
돌과 돌로 붕붕 날아가고 싶다

도무지 쓸모없는 무거운 몸뚱아리여

휴일

늦은 아침, 마당가 작은 화단
붕붕 수자폰 울리며 트럼펫 불며
나팔꽃 취주악단 퍼레이드 한창이다

박새는 종종걸음으로 행렬 꽁무니 따르고
사철나무 울타리에 매달린 반짝이는 눈동자들
어쩌나 나도 해종일 따라다니고 싶다

눈치챘는가, 이슬방울 하나
철없이 어려지는 마음에다
번쩍!
손거울을 비춘다

하, 육순이 난감하다
슬그머니 창문을 닫고
잎 떨군 감나무처럼 쓸쓸하여 지는

죽방렴으로 멸치를 잡는 우대한 씨

안 해본 일이 없지라, 팔도를 보물 찾아 떠돌다 헛물만 켜고 지쳐 나자빠져 생각해 본께, 여기가 참말로 보물창고였던 기라, 그래서 다시 이곳으로 돌아왔재, 밤에 멸치를 잡다 보면 다급해진 멸치 눈에서 빨간불이 켜진 당께, 입에 풀칠은 해야 항께 잡기는 잡는디 영 애처롭지, 이렇게 잡으면 멸치 비늘 하나 안 다치고 온전하게 잡지, 멸치를 위해서 말릴 때도 비늘 하나 안 다치게 정성스레 말리지, 그게 멸치의 자존심을 지켜주는 거라 생각하고, 하나 먹어 볼 거여, 아주 맛있어, 먹을 때는 대가리부터 먼저 먹어야 해, 배 쪽이 말캉해서 식감이 좋고 꼬리 쪽은 딱딱하면서도 짭쪼롬해서 마지막에 먹으면 입맛이 좋아

동행

댓돌에 놓인 고무신처럼 가지런히 다리 모으고
툇마루에 걸터앉아 청결한 마당 내려다본다

몸은 절집에 있는데
마음은 어디로 출가했는가

텅 빈 눈에
좔좔좔 계곡 물소리 흐르고
탑돌이 하던 잠자리가 멈춰서 고개 갸웃거리고
돌담 밑에서 금계국이 줄지어 까치발을 든다

관음상 아래 깊게 엎드려있을 당신을 위해
내가 할 수 있는 것은 오직 기다려주는 일

감로수로 목 축이던 하산객 소란이 사라지자
대웅전 돌계단 가장자리로
심신이 병든 사람 그림자처럼 고요히 내려온다

차마 삭발은 할 수 없었던가
다시 돌아온 터벅머리 마음,
몸보다 앞서서 절 마당에 내려선다

김은미

눈 오는 날 // 세쿼이아 나무처럼 // 단 하루라도 // 작정 // 모과 한 알
// 자장가 // 아름다운 사람 // 당신의 손 // 여름, 그 후 // 독백

눈 오는 날 외 9편

겨울에 떠났다
함박눈이 펑펑 쏟아지던 하루를 마지막으로
돌아오지 않았다

창문을 열어젖히며
예쁜 흰 눈을 보라고 누군가 말했을 때
그 말이 미치도록 듣기 싫었다

네가 곧 떠날 것을 알았기에
간곡한 부탁에도 돌아오지 않을 것이기에

밉고도 미운 너이지만
눈이 오면 너만 생각난다

함께 볼 수 없는 눈 내리는 세상
샘물같이 빛나던 너의 두 눈은
오로지 내 가슴 속에서만 깜박인다

너의 눈은 눈을 볼 수 없기에
눈 오는 날은 슬픔이다

종일토록 흩날리는 변주곡
세상 모든 슬픔이
얼리어
내
린
다

세쿼이아 나무처럼

마음이 아프면
볼 수 있는 하늘이 작다

온갖 낙서로 가득한 마음을
깨끗이 지우고, 흩어진 찌꺼기를
말끔히 쓸어 보내자

하늘이 작으면
언덕에 피는 꽃들도
답답한 숨을 참아내기에 바쁘다

넓은 하늘에
해 꽃이 피고 구름 꽃이 피어야
꽃들도 마음을 졸이지 않는다

꽃들이 맘 편히 자라야
별빛이 깨끗하고 달빛도 환하여
이웃의 웃음소리도 커진다

하늘이 좁다고 탓하지 말자
세쿼이아 나무처럼 가슴을 활짝 펴고
고개 들어 멀리 내다보면
무지개가 피어나는 것을 볼 수 있다

등을 곧게 펴고 복식호흡으로
아픔을
놓 아 주 자

단 하루라도

캄캄하고 적막한 곳에서 살다
일 년에 열흘쯤 나들이를 한다

당신의 손길을 느끼는 것이 유일한 행복
당신의 몸에 기대 어쩌다 누리는 햇살과 바람

그 나머지는 우두커니 서 있거나 접힌 채
꼼짝없이 숨죽이며 살아간다
감옥 같은 세상

오늘이 내일로 이어질 때
내 몸은 서서히 닳아간다

사방이 가로막힌 채
켜켜이 줄지은 제 자리에서
답답한 공기, 고요한 어둠을 참아낸다

당신이 나를 단 하루라도 사랑하여

잠깐이라도 세상 구경을 할 수 있다면
나의 인내는 끝나지 않을 것이다

작정

잃어버렸다
어디에서 왜 잃어버렸는지 몰라
당신의 발자취를 찾아 두리번거리며
발걸음 빠르게 찾아본다

끝없이 잇따른 길과 길과 길 사이
질문을 안고 달려간다

숫자로 새긴 문을 굳게 닫아
당신은 나를 가끔 멈춰 서게 하지만
나는 계속 달릴 수밖에 없다

추억을 더듬어 서성이다 보면
당신은 온데간데없이 몰래 숨어버리고
부끄러운 내 모습만 불쑥 나타난다

보이지 않는 당신
길 끝이라 여기고 멈춰보기도 하지만

어느새 길은 다시 이어진다

찾으려는 한, 길은 계속되고
길이 있는 한, 찾아낼 작정이다

내가 사는 것은 오로지
잃어버린 당신을 만나기 위해서이다

당신, 길 끝에서 반갑게 마중 나와 주기를

모과 한 알

성당 뜰 한가운데
모과나무 한 그루
나뭇가지 사이로 보이는 얼굴

동그마니 고운 자태
별이 날아와 가지에 앉은 듯
눈길이 곡선으로 가 닿는다

왜 이렇게 예쁠까

그 속에 선한 사람들의 속삭임과
조용한 기도의 울림이 스며들어서일까
감사합니다 축복합니다 기도합니다

맑은 공기가 가을을 품으면
모과는 음표처럼 빛나며 날아올라
선한 멜로디가 성당을 가득 채운다

기도가 흘러나오는 듯
조용히 전해져 오는 아름다운 그 무엇이
좁아진 마음 구석을 비집고 들어와
순결한 노랑으로 흠뻑 물들인다

이토록 예쁜 모과는 그 어디에도 없다

작은 모과 한 알에
은총과 자비와 희망과
신비가

자장가

작은 아기였을 때
엄마의 젖가슴 아래서
세상의 첫 노래를 배웠다
그건 젖 냄새와 함께 번지는
따뜻하고 달콤한 자장가
숨결로 엮은 사랑의 리듬이었다

시간이 흘러
내 품에도 아이가 잠들었다
나는 엄마의 노래를 흉내 내며
젖가슴이 부풀어 오르는 저녁마다
아이를 위해 노래 불렀다
아이는 나의 품에서 노래를 배웠고
아이가 자라자, 나는 다시
엄마의 품에 안기는 꿈을 꾸었다

엄마는 병실의 희미한 빛 속에서
주름진 얼굴로 나를 바라본다

그 얼굴엔 세월이 새겨놓은
작은 강물들이 흐르고 있다
나는 그 강을 따라
엄마의 숨결을 더듬는다
엄마, 이제 제가 불러드릴게요
자연스럽게 흘러나오는 오래된 노래
젖 냄새 대신 엄마의 강물과 함께하는 노래

아름다운 사람

아름다운 사람이 있다
미소가 아름다운 사람, 마음이 빛나는 사람
그 사람, 봄날의 햇살 같아
우리는 늘 봄날이었다

봄날 속에 기쁨의 집을 짓던 우리는
나눔이 무엇이고 배려가 무엇인지
알아갈 것 같았다

그 사람 배우며 따라갈 때쯤
그 사람 떠나간다 한다

어린아이처럼 가지 말라 떼를 쓰며
울고 싶었다, 하지만 울지 않는다
그 사람에겐 더욱 찬란한
내일이 손 내밀고 있으니까

이곳에

그 사람 향기가 스며있다
그 사람 목소리 남아있다

보내기 싫은 사람
멀어질수록 그리워질 사람
따뜻했던 사람, 빛이 되었던 사람
앞모습 뒷모습이 한결같았던 그 사람

당신의 손

떠나왔다
무너진 시간의 돌무더기를 지나
이 낯선 도시의 골목 끝에서
당신의 숨결을 찾고 있다

지나온 길 위에 남은 후회를
이제는 내려놓게 하소서
마음의 그늘마다
당신의 빛이 스며들게 하소서

타인의 눈길이 낯설지 않게
이웃의 손길이 두렵지 않게
제가 그들에게서
당신의 얼굴을 보게 하소서

오늘도 조용히 기도한다
허기진 영혼 위에
은총의 빵을 내려주소서

갈라진 마음의 틈마다
당신의 평화를 채워주소서

이제는 다투지 않고 증오하지 않고
당신의 뜻 안에 머무는 삶을
불씨처럼 지키게 하소서

이제 알았다
당신의 손이 내 어깨 위에 닿아
새벽으로 이끈다는 것을

여름, 그 후

매미 소리 진하던 여름 내내
사랑했기에 온몸 바쳐 그림자를 품어주었다

사라진 친구, 찾지 않는 사람들
계절을 붙잡고자 두 팔을 길게 뻗어 막아보려 한다

더 이상 안아줄 수 없는 시간의 그늘
손가락 사이로 빠져나가는 의무, 어깨를 털며 포기할
수밖에 없지만

옆구리로 스며든 가을바람이 소리 없이 머무는 들판에 서서
떠나버린 것들을 향해 목청이 터지도록 노래부른다

파란 핏줄이 서산을 넘어 붉게 터질 때까지
8분의 6박자, 쉼표 없는 악보

그리운 것들아,
다시 오렴

살아
있는
동안

반드시
지킬게

이 자리
나의 노래

독백

회원시 · 김은미

　네모난 별을 들고 화려한 약속을 나누는 우주, 오래된 서랍 속 연필 한 자루, 깎을수록 짧아지는 미련한 도구, 물질이 지배하는 사무실, 구석에서 희고 순한 종이 한 장을 펼쳐, 아무도 읽지 않을 글을 쓴다. 성공의 냄새를 풍기지 않는 차디찬 박수, 세상이 비효율적이라며 비웃어도 괜찮다. 값비싼 만년필로 쓴 글보다, 투박하고 어리숙한 흔적이, 나답게 나를 지켜줄 것이라 믿는다. 아무도 모르게 써내려 가는 글씨, 내가 택한 조심스러운 저항, 이름 석 자 남기지 못해도, 연필 한 자루가 묵묵히 새기는 순간, 소박한 질서로 채워 간다

짧아지는 문장
닳아버린 심
무뎌진다
닳는다
점점
더

김훈기

아내의 혼술 // 옛집 // 낙엽·2 // 늦장마 // 너그러워질 수는 없는 걸까
// 보리밭 // 기우제 // 첫사랑 // 편지 // 산

아내의 혼술 외 9편

혼자 잔을 채운다는 것은
홀로 섬에서
망망대해만 바라보는
고독한 눈동자에 깃든 서러운 그림자 같은 것

가끔씩 혼자 잔을 홀짝이는 아내
평생 술로 상처받아온 아내가
혼 술의 즐거움을 얘기한다

혼자가 아닌데 혼자였던 아내
외로움
서러움
후회와 자책 그리고 미움

싸락눈 같았던 옛 기억 분풀이라도 하듯
쿡쿡 아프게 찔러오는 말
커피 같은 웃음에 온수를 더 한다

혼술, 그 쓸쓸했던 낭만
나의 낙원에서는 이미 행방이 묘연해졌기에
저녁쌀을 안치며 오늘은
돌배주 한 병 냉장고 가장 시원한 곳에 식혀두었다

옛집

마을에서 가장 우람했던 측백나무 울타리 기와집

디딤돌을 딛고 서야만 오르내리던 큰 마루
허리 아래다

마당에서도 훤히 들여다보이는 안방
내 몸 하나 누워 쉴 자리도 불안해 보이는 사랑방
겁 많던 아이가 숨어 안도하기에 충분했던 헛간
간신히 버티는 기둥 얽어 거미가 터 잡았다

기댈 곳조차 불안해진 허물어져 가는 담벼락
나목처럼 앙상해진 아름드리 감나무
어미 소 종일 게으름 피던 마답엔
무성한 잡초가 주인행세다

뿔뿔이 흩어져 살아가는 소원해진 형제들처럼
생소해진 풍경들 붙일 정마저 잊게 한다

언제나 기댈 어깨를 내어줄 곳이라
멈춤 없는 짧은 하루하루를 인식 못 하며
그 시절 내가 아님을 망각해 온 시간의 길

생채기 도지는 가슴
묵은 서책이 풍겨 내는 향기처럼 아련하기만 하다

낙엽 · 2

아이의 눈물 같은

툭 던져진

그리움

돌아서는 계절의 뒷모습

늦장마

실컷 물이나 먹어보란 저주인가
긴 가뭄의 웅덩이에 갇혀 허덕이던 때가 엊그젠데
탁 트인 하늘이 보고 싶다

땡볕에 가슴 졸이던
웅덩이의 긴 목마름을 몰아낸
빗줄기의 노고에
덩실덩실 춤추다
길어지는 빗줄기에 지쳐
다음 계절이 두근거리기도 하니

타들어 가던 목마름
경사진 가슴에
축축한 쓸쓸함으로 다가오는 오래 내리는 비

너그러워질 수는 없는 걸까

긴 가뭄 땡볕에
바닥을 드러낸 희뿌연 아침 저수지
팬티만 걸친 촌부처럼
부끄러운 곳곳을 모두 보여주고 있다

드러난 목 어깨 옆구리 가장자리마다
강태공들은 야영하며
웅덩이가 되어 허덕이는 호수의 배꼽에
낚싯대를 드리운 채 밤을 지새웠다.

덜 깬 눈 비벼가며
실눈 가늘게 뜨고
뚫어져라 찌만 바라보고 있다

마주 보고 돌팔매질이라도 해야 하나
땡볕에 목 타는 저수지는
팬티마저 벗어야 할 지경인데
가까운 바다는 힘차게 일렁이는데

어째서 사람인가를 생각할 여유가 있다면
얇은 낯가죽이 아니더라도
좀 더 너그러워질 수는 없는 걸까

기우제

함께 울어야 할 시간인데

탓하지 마라
탓하지 마라

대관령 성황당에서 기우제 지냈다는데

죄 진 것도 아닌데
죄 진 것도 아닌데

나라 재정 가져다 쓴 것도 아닌데
빌고 또 기도만 했을 뿐인데

서로를 위해 울어줘야 할 때인데
서로의 마음 위로해주면 될 터인데

좌면 어떻고 우면 어떤가
부처면 어떻고 하느님이면 또 어떤가

하늘이 하늘인 것을

탓하지 말자
탓하지 말자

너나 나나 모두가 함께 울어야 할 때다
첫사랑

보리밭

바닷가 귀퉁이 뙈기밭

긴 수염 일렁이는
오월의 보리밭

사랑했던 사람아
떠나버린 사람아

세월은 흘러도
여전히 남은 그리움

코끝을 어지럽히는 오월의 조각들

이국의 도시처럼 아른거리는 모습을

우연히
보기라도 하면

손 내밀어
악수라도 하면

여름날 꾸었던 꿈처럼 후회의 아쉬움만 아파

영원히

가슴속에만 간직해야 할 시들지 않은 꽃

편지

떨어지는 낙엽을 바라보며
나에게 편지를 쓴다
오래된 그리움이 만져진다

이별도
그리움도
오랜 기다림에 기인했다

피는 꽃의 설레임도
지는 낙엽의 안타까움도
모두가 물든 가을처럼 아픔으로 다가왔다

긴긴밤을 외로움에 떨면서도
어쩔 수 없이 또 첫눈을 기다리게 되는 것처럼

편지를 읽었다

온 세상을 물들이는 단풍처럼

타는 강물을 따라 그리움도 긴 구비를 흘러갔다

그렇지, "그게 마음이야"
단정 지을 아무런 아무 믿음도 없는 그런

산

멀리서 바라만 보면 절대 보여주지 않는

깊숙이 안겨 봐야 계곡을, 숲을 보여주는

숨차게 올라봐야 나를 계량할 수가 있는

정상에 서서

목이 터져라 외쳐야 멀리 구불한 길을 보여주는

| 회원 작품 |

배인주

거름의 독학 // 천사요정

거름의 독학 외 1편

마당 한 구석
시간의 풍화와 침식을 기다리는 곳

할머니도
어머니도
한 번씩은 초승달 뜬 저녁
엉덩이를 들고 볼일을 보게 하던 곳

소똥이 잠을 자면
말똥구리가 집을 짓고
아들 똥이 잠들면
샛별이 내려와 덮어주던 곳

혼곤히 썩고 또 썩고

거름의 존재감이
온 마당을 촘촘히 점령하면
차곡차곡 높이높이 쌓여있던

살아생전 삭지 못할 응어리를
모두 안아 내린다

천사요정

반듯하게 자로 잰 듯
대문 같은 앞니 두 개 아래
잘 익은 옥수수 한 알 쏙 빠진 듯이
발치한 유치 자리가
절도 있게 비어 있다

얼마나 울었는지
통통 부은 눈으로, 고 작은 입술로
오늘 밤
베개 아래 넣고 잘 거예요
천사요정이 밤에 와서 가져간대요

용돈 주시면
엄마 커피 사 줄 거고
또 빠지면
할머니 커피 사드릴게요
금세 기분 좋은 우쭐댐으로 말한다

6살 손녀는
하늘님 임하듯이 베개 밑에 소중히 둘 것이다
발치한 유치는
이 우주를 가까이에 두고, 하룻밤 사이를 넘나들며
나의 천사요정과 교역을 하고 있다

유지숙

동강할미꽃 // 학 // 늙은 호박 // 문신 // 비애

동강할미꽃

절벽은 너의 집
눈보라를 견딘 뿌리의 결심이
삼월의 꽃 편지에 응답하듯
아직 남아있는 잔설 디디고 맨발로 일어서고 있다

숨죽이며 웅크렸던 시간을
새와 바람 강물의 합창이 분주해지는 언덕
보랏빛 웃음 가득 머금은 너의 눈동자로
한순간에 풀어낸 화사한 몸짓

주기마다 몰아치는 바람의 잇자국쯤은
지구가 녹아 없어질 때까지
꼿꼿하게 반드시 꽃피워야 한다

총총히 찍혔던 발자국 은하에 걸어두고
화전놀이와 화려했던 순간들
꽃잎 강물 위에 새겨 흘려보낸다

문장 한 줄 남겨두고

학

생전의 포도밭을 일구고 다독이며
튼실한 가지가지 푸르게 등을 달며
세상을 밝게 보라며 거울이 되었지

온종일 진흙물에 쉼 없는 담금질에
갈라진 발바닥을 반창고 붙여가며
지혜와 슬기의 열정 불꽃같이 사신 임

뒷산에 새집 짓고 무수한 은하 강에
당신 배 띄워놓고 안갯속 눈 비비며
고운 빛 학 같은 당신 불러보며 웁니다

늙은 호박

돌담 위 늙은 호박 한 덩이
경전을 펴 들고 앉아 있다

천둥번개
속으로 삭이며
단단해진 인내의 모습이다

돌담과 늙은 호박이
서로의 생을 이야기한다

늙은 어머니
돋보기를 쓰고 바느질하신다

문신
— 드라마 속 여주인공

플레이리스트 32번 트랙에서 반복 재생되고 있어요

같은 곳을 바라보며 웃었던 모습들
한 숟가락씩 밥을 건네주기도
순간을 떠올리며 눈시울을 붉히는 그녀

색색의 봄을 손에 쥐고 간절하게 서로를 부르던 이름의
달콤함을 약처럼 들이키던 시간이 지나고 무지개 꿈을 조
각하며 속삭이던 노래에 하얀 드레스를 입었어요, 허울뿐
이었던 것을 본 순간, 사랑한다는 말은 오래된 단어의 오
타처럼 달그락거리는 소리가 문밖으로 튀어가고 분홍빛
무대 위의 시간들은 흩어지고 어깨 위의 날개가 찢기는
고단한 날들은 흰 뼈가 되고 맨발로 눈 위를 걸어가고 있
어요

염원한 것은 단 하나였는데
흉터처럼 남아있는 문자들 가슴속 깊은 곳
영혼의 몇 뼘 속을 걸어 다니고 있어요

비애

남대천 바닥이 달그락거린다
푸른 물결을 잊어버린 채

축구장을 옮겨 놓은 듯
잡초는 어느새 집을 짓기 시작했다

남대천 푸른 혈관을 헤엄치며
자유를 만끽하던 은어들의 검은 시체는
하늘로 올라가고
은하수는 검은 장막이 된다

오봉댐을 뛰어내리던 물결 영원하리라 생각했던
오만함은 먹을 물을 걱정한다

들판에 만개한 꽃들도 더위에 지쳐
고개를 떨구고
지표는 신발을 달구는데
비라는 단어를 잊어버린 일기예보

백 년 만의 온 세상 열기는 모두 남대천에 꽂혔는지

정수리에 얼음주머니 얹어 놓고
텅 빈 남대천에 방주를 띄우게 해 달라고 두 손을 모은다

이순남

임종 // 물잠자리 // 억수 맛집 // 골목 방 // 작은댁 아재 // 불꽃놀이 // 찔레꽃 // 달비 // 삼십 분 // 살다 보니

임종 외 9편

가뭄에 드러난 강바닥처럼

마른 가슴
울퉁불퉁 엉킨 돌덩이

강을 찾아온 새들
나란히 물 곁에 모여

끊어질 듯한 물줄기를
바라보고 있다

굽이진 여울 목을
거침없이 흐르던 물결

이제 물풀처럼 누워
서서히 종착지로 흘러가고 있다

언제나 일 것 같았던 그득하던 강

깊은 한숨 한번 쉬고
푸른 바다가 되었다

물잠자리

그곳 강가에는
검은 물잠자리가 있다고 했지

늘 함께였던 네가
먼 도시로 떠나고

나는
몸 일부가 떨어져 나간 듯 휘청거리곤 했어

산이 그림자를 강물에 풀어 버릴 때
사각거리는 풀잎 소리 같은 너가 생각나

이곳 강가에도
검은 물잠자리가 있다는 걸 알았어

강기슭에 날개를 곧게 세우고 앉았다
낮고 느리게 풀숲으로 날아가고 있었지

서로 다른 강가에서
물잠자리가 된 너와 나

뻗으면 잡힐 것 같은 너의 가느다란 손
또 멀리 옮겨 앉는 구나

억수 맛집

공원 앞 모퉁이 식당
파라솔이 꽂힌 벤치에
그녀가 앉아 있다

문에 적힌 빼곡한 메뉴처럼
바빠질 그녀의 하루

건너편 의자에 다리를 올리고
무릎을 주무르고 있다

자전거 탄 아저씨와
강아지를 안은 아주머니가
가던 길을 멈추고

걱정인 듯 안부인 듯
지켜보다 가고

테이블에 올려진 차 한잔

아직은 여유로운 아침

낯익은 그녀의 손님들이
띄엄띄엄 자리를 잡으면

저린 다리를 끌며
수북한 공깃밥을 내어줄 것 같은

엄마 밥이 그리운 어떤 날
가보고 싶은 그녀의 밥집

골목 방

남산초교 뒷길
길로 문을 낸 방

골목을 지나는 사람도 한 식구인 양
선풍기 바람을 나눠준다

방에 고였던
땀 냄새를 맡으며

볼륨을 높인 텔레비전
구성진 트롯에 귀가 기우려 지는데

문앞 골목에 의자를 내고
한 사내가 앉아 있다

나는 내외 하듯
외면을 하고 그 곁을
바삐 지난다

작은댁 아재

어린 시절 홍역으로 얼굴이 얽고
허리 구부러진 작은댁 아재

큰댁 대소사를 맡아 치러도
묵묵히 말이 없었다

아버지 돌아가시고
서툴게 농사짓는 우리에게
밤 딸 때가 되었다고
고추가 많이 익었다고
전화해 준다

저 구부러진 허리 위에 담긴
우물같이 깊은 마음

언젠가 밭 가에서 잠시 쉬다
부처님같이 머리에 환한 빛을 이고 오시는
아재를 봤다

불꽃놀이

시어머니도 남편도 아이들도 없는데
밤하늘에 폭죽이 터진다

아이들의 웃음소리
놀란 강아지 울음소리
주의를 주는 시어머니의 목소리가
들리는 듯하다

올해 불꽃은 더 크고 화려하다
혼자 보기 아쉬워
사진을 찍는다
하늘이 온통 꽃이다

밤 근무를 하는 남편
멀리 있는 아이들에게
저거 봐 저거 봐 말하듯
사진을 전송한다

좁은 집에서 북새통으로 살던 기억들도
밤하늘에 번진다

돌아보니
바쁘고 힘들게 쏟아지던 일상
예쁘고 화려한 불꽃놀이였다

찔레꽃

일찍 혼자된 어머니와 살았던 아버지
어린 이복 동생들 보살피며 살았던 엄마

아버지가 기억나지 않은 아버지와
엄마가 기억나지 않은 엄마가
우리 다섯 남매를 키우셨다

두고 간 할머니와 엄마 때문에
전쟁터에서 반드시 돌아와야 했다던 아버지

전답이라야
들곡골 수렁논, 동막골 비탈밭
지게에 진 짐은 무겁고 멀었다

새엄마마저 일찍 세상을 떠서
눈에 밟히는 주렁주렁 배고픈 동생들
가난이 한이 된 엄마

삼십 리길 시내
과일 행상을 하러 다니셨다

수렁논 쌀과 비탈밭 고구마
팔다 남은 파치 사과를 먹고 자란 우리

왜 가끔 이유 없이
주눅들고 서러워지는지를

이제야 알 것도 같다

달비

가뭄에
아픈 자식같이
시든 호박잎

오랜만에 비가 왔다

바람에 살짝살짝 잎을 젖혀가며
시들던 호박잎이 춤을 추고 있다

좀 더 와야 하는데
좀 더 와야 하는데

밤하늘을 올려다보며
혼잣말을 한다

달은 떴는데
가랑비가 온다

달디단 달비가
밤에 내리고 있다

삼십 분

병원 입구에서 다섯 시에 만나자고 했는데
네 시 반에 도착했다

가만히 있는 시간을 견디지 못하고
무언가를 해야 한다는 생각을 한다

일의 사슬에 스스로를 묶어
채찍질을 해댄다

지금은 기다리는 일을 하고 있으니
보는 것은 덤이다

웅덩이에 떨어지는 빗방울이 보인다
튀어 오르는 빗방울이 경쾌하다
시멘트 사이를 비집고 자란
풀들이 기지개를 켜는 것 같다

기다리는 시간이니

세상을 마음껏 훔쳐봐도
게을러지는 건 아닌 것이다

삼십 분

강박의 철장 밖 세상을 만난다

살다 보니

넘쳐흐르던 강물이
뱃속을 드러내고 실개천으로 흐를 때가 있다

머리카락을 흔들며 살랑대던 바람이
큰 나무를 넘어뜨리는 때가 있다

따듯하게 손을 녹여주던 난로가
큰불이 되어 집을 삼킬 때가 있다

그의 보드라운 입술에서 나온 말이
온 가슴을 시커멓게 태운 때가 있다

임인숙

오독 // 눈길 // 회색 섬 (Grey Island) // 노라, 숨을 다시 배우다 // 슬픔은 물처럼 // 성북동 비둘기 // 풍금소리 // 그저 그런 일

오독 외 7편

나는,

아무것에도 마음 주지 않는,
단단한 차돌
모든 강물을 다 품을 수 있는,
무심한 바다
라고 나를 읽었다

자주 토라지고
알사탕 하나에 금방 풀어지는
세 살배기, 나를
나는 읽지 못했다

나의 문장조차 비껴 읽었으니,
너라는 문장은 온전히 읽었을까

마침표 뒤 차가운 고요,
말줄임표, 끝내 쓰지 못한 단어

웃음 뒤 괄호 속 진짜 마음을
나는 읽지 못했다

긴 침묵 사이 숨은 작은 쉼표,
마저 읽지 못했는데
어느새 봄날은 저물고
겹겹이 물든 산빛이 곱다

우리는
참 조용히 외로웠구나
참 조용히 지나쳐왔구나

눈길

폭설로
골목은 순백이다

내딛는 첫발이 설렌다
두려움은
허방에 빠지고서 왔다
길에 묶인 듯 발이 무겁다

골목 모퉁이를 도니
황새가 걸어간 듯
성큼성큼 찍힌 발자국,
짧은 다리로
그 발자국에 발을 맞추며 걷는다
눈이 무릎까지 올라온다

한길에 나오니
발자국들이 모인
오솔길이 나 있다

가운데는 봉긋하게 얼었다

자꾸 미끄러져 내리는
발을 벌리고
어기적 어기적 걷는다

살아온 날들이
누군가 남긴 발자국에
발맞추며
어설프게 걸어온
이 눈길 같았다

오솔길을 벗어나
눈밭으로 나왔다

눈이 망설이던
내 걸음을 받아준다

지하철역에 도착해
불현듯
걸어온 길을 돌아본다

길옆 눈밭 위에
한 줄 발자국이
나를 따라오고 있다

회색 섬 (Grey Island)

도심의 빌딩 숲 사이,
낡은 집들이 섬처럼 떠 있다

지붕에 덧댄 천막과 비닐
눌러 놓은 타이어와 기왓장이
마지막 몸짓처럼 보인다

내릴 곳 없어
망망대해를 떠도는
난민 같은 살림

아직 식지 않은 온기가
반갑다

음식물쓰레기 수거함에서
풍기는 냄새가 살고 있는
비좁은 골목

문앞에 바싹 당겨놓은 화분
꽃들이 환하게 웃고 있다

노라, 숨을 다시 배우다

인형의 집은
세상의 허기를 채워주고
모든 길과 통하는 문인 줄 알았어요
아버지는 그렇게 말했거든요

세 아이와
빚만 남기고 집을 나간 남편,
딴 살림 차렸다는 바람결 소문이
인형의 집을 무너뜨렸어요

그 잔해 속에 갇힌 나는
자궁 속 태아처럼
아직 혼자 숨 쉬는 법을 몰라요

탯줄은 이미 끊어졌는데
아무도 문을 두드리지 않아요

간신히 문을 열고

걸음마 처음 배우는 아이처럼
한 발짝 떼었는데,

걸음마, 걸음마
손 내밀어 응원하던
엄마는 없어요

아직 힘이 붙지 않은 다리
넘어지면 무릎이 깨질 것 같은데
세 아이도 아직 걷지 못해요

배꼽은 닫힌 문,
그 앞에서 나는
다시 숨을 배워요

슬픔은 물처럼

스물 갓 넘어
여자는 시집을 왔다

첫딸이 태어나고
신랑은 늦은 군복을 입었다

돌절구질을 하던 여자는
보채던 아이에게 젖을 물리고
아이 눈을 들여다보다
몰래 한숨을 쉬었다

아이는 젖은 그리움을 보았다
연한 물빛 슬픔이 소리 없이 스몄다

딸이 공기놀이를 배울 무렵
그녀는 서너 알씩 팥을 넣어
오자미 다섯 개를 지어주었다
오자미는 손등에 착 안겼다

어미 손끝으로 아이는 사랑을 배웠다

다섯 살 터울 아우가 태어나고
딸은 엄마가 그랬던 것처럼 아우를
안아주고 업어주었다

홍역을 앓던 아들이 떠나고
어린아이는 무덤조차 없던 시절
여자는 돌무덤을 찾아 헤맸다

엄마 찾던 딸이
울다 지쳐 잠들 무렵
산을 내려오던 여자,
침묵은 산길에 내린 어둠 같았다

잠든 딸을 토닥이는
어미 손에서
조용한 슬픔이 흘렀다

성북동 비둘기

서울역 대합실에서
구걸하고 있는
비둘기와 마주쳤다

성곽 아래 마을엔
새로 태어난 집들이
하늘을 닮아가고 있고

그 집들이
높이 자라는 동안
사랑과 평화의 새
비둘기는
산을 잃고 길도 잃었다*

어둠이 내리면
별들은
산 아랫마을 아파트 창에서 뜨고

모깃불 매캐한 여름밤
엄마 무릎베고 헤아리던 별

이제
엄마도 평상도 없다

우리는 별을 보려고
고개를 들지 않는다

꿈이 자꾸만
아래로 내려가는 까닭이다

대합실에서 만난 비둘기처럼

* 김광섭 성북동 비둘기 차용

풍금소리*

화가는
미싱과 물감으로
소리를 그렸다

허방을 디딘 듯
가던 길 잃고
제자리에서 맴을 돈 듯
엉켜있는 실

바늘이 지나간 자리마다
스며나온 물감

바닥에 쓸려
맺힌 핏방울 같고
징검다리 같기도 해서

알 것도 같다
그 화가가 건너온 날들을

그날을 기억하기 위해
그날을 잊기 위해

노루발은 어둠 속을
쉼 없이 달렸을 테고

몇몇 날
소나기처럼 쏟아졌을
발굽 소리가 들린다

덧칠한 붓 자리에
앉은 마른 딱지를 본다

그저 그런 일

설거지를 하는데

뉴스에서
트럭에 치인
칠십 대 여자
죽음을 알린다

정수리 성근 너는
죽음, 그 무게가
무겁지 않게 들린다
칠십이란 나이 때문인가

칠십 대 여자는
된장찌개 끓일
일 없는 뚝배기 같은 것인가

서운하기는 하지만
다 쓴 그릇을 씻어
찬장 구석에 넣듯

죽음도
그저 그런 일일 것이다

다 쓴 접시처럼
몸 하나 헹궈
제자리로 돌아가는
일일 것이다

지은영

꽃놀이 // 바람을 따라 걷는 시간 // 엄마의 손등 // 내가 되고 싶은 하루

꽃놀이 외 3편

즐거움을 잃어버린 아버지
어떤 욕망도 일어나지 않는 무표정

엄마와 이벤트를 준비했다.
48장의 꽃 그림

아버지는 미소를 띄우며
의자 뒤편에 방석을 받치고
진통제를 한 봉 털어 넣는다.

2,000원 동전이 든 지갑을
각각 열었다.

승리욕으로 얼굴은 상기되고
그림이 맞지 않는 꽃놀이
이쁜 꽃 그림 안 주어서 억울하다며
억지를 부린다.

엄마와 눈빛이 교차되고
서둘러 끝낸 꽃놀이

바람을 따라 걷는 시간

우리는 바람을 따라 걸었다.
발끝의 모래가 흩어지고,
바다는 천천히 몸을 바꾸며
길의 방향을 알려 주었다.

파도 소리가 리듬이 되고
호흡이 속도를 맞추었다.
걷는다는 것은 전진이 아니라
흐르는 것에 몸을 맡기는 일

도시는 저 멀리 불빛만 남긴 채
조용히 뒤로 밀려날 때,
우리는 고요에 가까워졌다.

걸음은 끊어지지 않고,
바람은 방향을 바꾸지 않았으며,
시간은 발아래에서 얇게 흘렀다.

그저 걷는 것만으로도
충분한 밤이 있었다.
움직임 속에서만 들리는
우리만의 속삭임이 있었다.

엄마의 손등

아침 햇살이 베란다 창을 스치면
엄마는 창문 옆 초록들을 향해
가만히 손을 들어 인사를 건넨다.

"잘 잤니?"
속삭이는 말이지만
그 목소리는 잎사귀의 숨결까지 어루만진다.

물을 받아 차분하게 건네는 안부
엄마의 손등 위에 맑게 번질 때,
스쳐 가는 미소

그저 먼저 말을 걸어주는 마음,
먼저 안부를 묻는 손끝,
먼저 빛을 나눠주는 눈빛.

그 손등을 스치고 간 자리마다
식물들은 조용히 깨어나고,
나는 그 공명을 배운다.

내가 되고 싶은 하루

알람이 아니라 몸이 스스로
자연스레 눈 떠지는 아침
자기 전 챙겨 놓은 책을 두 쪽 읽고
반야심경 한자로 필사를 한다.

요가 매트를 찾아서 정갈하게 펼친다.
오늘의 요가 스승은 에일리 아니고 에일린
내일의 요가 스승은 가든 아닌 테라스
때로는 소년을 만나기도 한다.

꿈은 계속 꾸기만 하면 물거품
연필을 챙기고 도화지를 챙겨서
호숫가 벤치에 앉아 하늘을 바라본다.
구름이 손짓하며 도화지 속으로 풍덩

한경림

달팽이·2 // 홑 밤 // 나이테

나이테 외 2편

기울어진 운동장에도 바로 일어서는 나무는
잎이 흔들리면 뿌리를 더 깊이 묻는다

나무는 생각에 얽매이지 않고
스스로를 흔들지 않는다

구태여 생각을 끊어내지 않는 나무는
번뇌만큼 많은 잎을 청정하게 매달고도

아무데도 없는 길을 찾아
저린 발을 구르는 중이다

새가 울고 남은 저녁
뒤집힌 한 잎을 가지런히 뉘이고

육백리 길어 올려
미래의 빈 이력서를 채울 스팩을 쌓는 중이다

선명한 나이테 한 장 들고 가
절간을 여닫는 문짝이라도 된다면

문짝이라도 된다면 하고
자꾸만 높이 오른다

달팽이 · 2

내면을 찌르면
창끝에 묻어 나오는 노란 똥끝이 타서
조무래기들 앞세우고 아비는
몸을 소진하며 한 입 한 입 달리는 맨살이 칼이 되는
달팽이의 갈구
갈 길은 아직도 저만치 남아서
숨어있는 것은 낡은 것 결핍은 금물이라고
평생 부역하러 나서는 달팽이 뿔났다

댕강 낙오가 두려운 이 아침
모가지 길게 빼고 넥타이를 조인다

엊저녁 찬거리로 들여온 배추 한 다발 속에
덤으로 딸려 온
집 한 채
집 한 채 받고 태어나는 달팽이가 부럽다

화장실 한 칸만 내 집인 대출 받은 은행 집에서 산다

홑 밤

더 이상 세속의 밥을 받아먹지 못하고 거친 돌팍 밑에
자리 잡고 뿌리내리는 팽나무 밑에 내가 몸 바꿔 누우면
어둔 밤 아무리 여러 마리가 울어도 땅 밑의 그놈들도 모
두 홑 밤인 그것들을 데불고 내 혼은 달팽이처럼 일어나
치맛자락에 감치는 몰 현금 소리에 제 흥에 겨워 살아서
처럼 육천 마디 노글노글해지도록 뼈다귀 없이 춤을 추
다가 밤새도록 춤을

황영순

가을 서정 // 갈매기 날갯짓 사이로 // 그해 여름 // 주문진 어느 하루
// 직함을 가진다는 거

가을 서정 외 4편

늦가을 한계령 깊은 골짜기다

저만큼 앞서가는 아이를 부른다

올해 나이가 몇 개냐?

서른 개냐? 마흔 개냐?

쓸쓸함이 발끝에 묻어난다

대답 없는 아이의 대답을 기다리는

어미의 마음도

갈매기 날갯짓 사이로

하늘 냄새
구름 냄새
바람 냄새

점점이 시간이 간다

그 날갯짓 사이로

하늘이 비껴가고
구름이 비껴가고
바람이 비껴가고

가여운 내가 속절없이 가고 있다

그해 여름

모퉁이를 돌아가는 하늘이 까마득하다

마당 가 나팔꽃은 있는 대로 목을 떨구었다

아무도 비가 내리지 않는다고 말하지 않았다

눈과 눈이 만나

지극한 염려와 안부를 전할 뿐

비 오듯 땀을 흘리며

물을 실은 차들이 분주하게 도로를 오갔다

눈물겨운 여름은 이후에도 한참이나

우리들 곁에 머물렀다

주문진 어느 하루

정신 줄 하나는
문어 삶는 솥뚜껑 위에 올려놓고
세계를 꿈꾼다
알 수 없는 한 세계에 꽃신을 신겨 놓고
또 다른 세계의 머리에 화관을 씌운다
알 수 없는 웃음이 번진다

문어 솥은 끓어오르고
노을에 섞인 갈매기 울음은
바다로 나가고
울음을 따라나서는 텅 빈 정신 하나가
어느 바다쯤에 서 있다

직함을 가진다는 거

회장님이 된다는 거
사장님이 된다는 거
여사님이 되고
사모님이 된다는 건
아픈 가면을 쓰는 것이다

반백의 머리를 가진
회장님께서
시장일 보시며 이리 채이고 저리 채이고
수 없이 마음을 다쳐도
늘 빙그레다 늘 괜찮다고 한다

귀를 크게 열라고
제 말만 들으라고 제 말만 말이라고
허구한 날 찌른다

회장님이 되는 것은
사장님이 되는 것은

사모님이 여사님이 되는 것은
슬픈 가면을 쓰는 것이다